KB167630

항해일지

항해일지

드니 게즈 지음 | 임수현 옮김

효형출판

나는 왜 이제야 이 책을 발견했을까? 20년 동안이나 어디 숨어 있다가 이제야 내 눈에 들었을까? 눈이 부시도록 아름다운 이 책의 저자 드니 게즈는 이른바 '통섭형 인재'의 전형이다. 프랑스 파리8대학에서 과학사를 가르쳤던 그는 역사는 물론 수학과 과학, 그중 특히 지구과학을 전공한 학자다. 그런 박학다재한 과학자가 쓴 소설은 설정부터 예사롭지 않다. 군이 학교에서 지구과학 과목을 수강하지 않더라도 그와 함께 바다를 가로지르다 보면 자연스레 적도를 넘나들게 되고 자오선과 회귀선이 어디인지 알게 된다. 어디를 둘러봐도 온통 물뿐인 망망대해에서는 어차피 '의지해오던 지팡이를 집어 던지고' 북극성을 바라볼 수밖에 없다. 그곳에는 그렇게 바다와 하늘이 맞닿아 있다.

찰스 다윈의 비글호 항해가 5년이 걸린 데 비해 거의 비슷한 항로의 라 벨라 세계 일주는 3년밖에 걸리지 않았다. '세계 최초의 쾌속 범선'다운 경이로운 기록이다. 게다가 지구가 둥글 뿐 아니라 서쪽에서 동쪽으로 돌고 있다는 사실을 발견하는 쾌거도 이뤄냈다.

"해 지는 쪽으로 항해를 계속한 결과 하루를 벌었잖아. 결과적으로, 여행이 나를 젊게 만들어서, 난 하루 더 젊어진 셈이지. 다시 예전처럼 젊고 멋진 모습을 되찾으려면, 얼마나 더 세계 일주를 해야 할까?"

가장 훌륭한 배움은, 배우는 줄도 모르는 가운데 스스로 익히고 상상의 항해를 떠나게 만든다는 데 있다. 100쪽도 안 되는 이 작은 책. 일단 붙들면 내려놓지 못할 것이다.

최재천

이화여대 석좌교수

생명다양성재단 이사장

차례

일러두기
이 책의 본문 중 *표시 부분은 '해설(p.90~95)'에서 순서대로 설명하고 있습니다.

이 책은 파리 과학기술센터의 플라네타륨에서
수년간 열린 공연 「천문관측의와 라 벨라」로부터
영감을 받아서 쓰여진 것이다.

나의 별, 북극성

하늘이 이루어지는 것을 나 얼마나 많이 보아왔던가!

밤이 탄생하는 것을 나 얼마나 많이 보아왔던가!

오십 번, 육십 번, 십만 번,

십만 번의 밤, 아마도…

내가 수없이 많은 위험한 고비들을 무사히 넘길 수 있었던 것은, 내가 아직도 여기 이렇게 버티고 서서 내 이야기를 들려줄 수 있는 것은, 분명 내가… 좋은 별을 지니고 태어났기 때문일 거야.

어떤 별이냐고? 좋은 질문이군.

내가 태어날 때 하늘에서 반짝이던 수많은 별 가운데, 난 하나를 선택해야만 했지. 말하자면 내 안내자를, 나의 별이 되어줄 하나를!

오랫동안 난 그 녀석을 찾아 헤맸어.

제일 처음으로 반짝이기 시작한 것. 난 그걸 골랐지. 바로 샛별이었던 거야! 태양이 마치 그 녀석 뒤를 쫓아다니는 것 같더군. 그 녀석은, 그래, 그래, 이렇게 얘기해야겠지. 태양과 숨바꼭질하며 놀고 있었어. 태양이 잠들면 그 녀석이 나타나고, 태양이 일어나면 그 녀석이 사라지고. 제일 먼저 일어나서 제일 늦게 잠드는 녀석, 샛별. 운이 없다고 해야겠지.

어떤 사람들이 수군거리길, 그건 별이 아니고, 자기 스스로의 빛으로 반짝이는 것도 아니며, 그냥 떠도는 행성일 뿐일 거라고, 금성일 거라고 하더군.

그래서, 난 다른 별을 찾기로 했지.

창공에서 가장 빛나는 별, 거문고 자리의 직녀성. 그 별은 여름 하늘, 언제나 은 하수 가장자리에서 빛나 곤 했어. 반짝반짝하고 생기넘치는 그 별이 나의 마음을 사로잡아서, 난 그 녀석을 내 별로 삼았 고, 그 녀석도 내 곁에 있 어 줬는데… 크리스마스 가 지나자 홀연히 사라져 버리더군.

그래서 끝없이 하늘을 유 심히 살펴본 거지. 찾아 내려고.

가만, 늘 짝을 이루고 있는 저 두 별은 어떨까. 쌍둥이 자리의 카스토르Castor와 폴리데우케스Pollux 말이야. 그 래! 한 쌍이라고 안 될 건 없잖아? 아니면 트리오라도.

그래, 이 세 녀석들! 오리온좌의 삼총사, 알니탁Alnitak, 알닐람Alnilam – 발음하기도 아주 까다롭지만 – 그리고 민타카Mintaka.

하지만, 성 요한Saint-Jean 축일이 지나자 없어져 버린 거야, 그 녀석들도.

난 분명한 사실 앞에서 굴복할 수밖에 없었지. 내가 오랫동안 관찰해온, 그리고 내가 변하지 않는다고 믿어온 저 하늘은, 실은 끝없이 변화한다는 것. 그러니 거기에 매달릴 필요가 뭐 있겠어? 저 위쪽, 아주 높은 곳에선 모든 게 움직이고 있었고, 난 그로 인해 현기증이 났지. 그래, 모든 별이 자리를 바꾸고 있었던 거야.

모든 별… 꼭 하나만 제외하고는. 내가 처음엔 주목하지 못했던 그 별은, 어떻게 그럴 수 있는 걸까? 그 녀석은 여름이건 겨울이건, 새벽이건 해질녘이건, 언제나 만날 수 있었지. 하늘을 뒤집어 버리는 대이동에도 끄떡하지 않으니, 자기 주위를 온통 돌고 있는 듯한 둥그

런 하늘에 단단히 고정되어 있다고나 해야 할까. 북쪽
의 어떤 선원, 그러니까 금빛 머리카락의 한 바이킹이
말하길 자기네들한테 별들은 말이고 그 고정되어 있는
별은 말들을 묶어놓은 말뚝이라더군.

난 마침내 발견했지. 나의 별이 되어줄. 북극성*을. 아
주 적절한 순간에 말이야!

그런데, 내 소개는 하지도 않았군. 언제나처럼 하늘에
만 정신을 팔고 있다가 깜박했지, 뭐.

첫 항해

내 이름은 라 벨라! 탐험을 위해 태어난 쾌속 범선이지. 70톤의 물자를 실을 수 있어. 나는 포르투갈에서 가장 뛰어난 목수들에 의해, 알가르베Algarve 조선소에서 건조되었지. 1400년, 음, 그러니까 1400년 하고도 한두 해 더 지나서, 7월 2일 벨렘(Belém; 포르투갈 수도 리스본의 서부 지구) 항구에서 첫 출항을 했지. 왕자도 부럽지 않은 돛, 황실에 버금가는 가르드 로브(garde-robe; 선박 한 척이 수용할 수 있는 돛의 총체), 매끈한 밑바닥, 고급스럽게 마무리된 가장자리와 앞뒤의 갑판, 그리고 중요한 건

항해사가 배 안 에서도 조종할 수 있는, 선미재船尾材로
된 키(배 뒤쪽에서 선박 구조의 일부를 이루고 있는 키).

내 이름은 어디서 따온 거냐고?

내가 알가르베의 조선소에서 탄생했을 때 부두에 모여
있던 사람들이 이렇게 소리를 질러댔지.

"까라 벨라Cara bella! 정말 아름다워!"

난 첫 번째 쾌속 범선이었던 거야.

난 모든 준비가 끝나 있었고, "닻을 풀어라! 돛을 올려
라!"라는 말들이 나오기만 기다리고 있었지. 선장은
풍채가 당당했고, 난 우리가 서로 잘 통하리라는 걸 알
수 있었어. 그는 선원들에게 위엄 있게 명령을 내렸지.

"자, 자, 기운들 내라구! 거기 올려! 올려!"

내 돛들이 팽팽해지기 시작하니까 온몸이 짜릿하게 떨
려오더군. 용골(龍骨; 배 밑바닥 한가운데에서 앞과 뒤에 걸
쳐 선체를 받치는 길고 곧은 목재)에까지 그 떨림이 전해
질 정도였으니까. 아! 탐험을 한다는 건, 내 가장 밑바

닥까지 간질이는 살랑거리는 물결을 느끼고, 그리고 나 혼자 힘으로, 내가 지나가도록 길을 터줬다가 잠시 뒤 내 뒤로 부드럽게 닫히는 물의 벽을 헤쳐나가는 거지. 난 정말 내가, 바로 이 탐험을 하기 위해 태어났다고 생각해.

"기수를 남쪽으로!"

선장이 외치면, 키잡이가 나의 진로를 아주 천천히 바꿨지. 까맣고 윤기나는 머리카락을 지닌 성숙한 여인의 얼굴을 연상시키는 내 뱃머리가 남쪽을 향했어. 이제 막 출발인 셈이지. 바다로부터 세례를 받고, 고요한 물결 한가운데서의 첫날밤을 맞았어. 그때 선원들이 갑판에서 노래 부르는 소리가 들리더군.

　　신께서 우리에게 허락하시네,

　　아름다운 밤과 감미로운 바람을.

　　그래요, 여러분,

고요한 밤과 선선한 바람,

그리고 아멘!

그들은 잠이 들었지만 난 밤을 지키고 있었지.

나의 첫 여행인 셈인데 이 사람들이 날 어디로 데려가고 있는 거지? 이 세계의 밑바닥에서 아프리카의 끝을 찾는 건가… 그 대륙에 끝이 있다면 말이지. 그건 정말 전혀 확신할 수 없는 일이었어. 하지만 만약 있다면, 그렇다면 벨렘에서 출발한 나 같은 일개 범선이, 라 벨라가, 남쪽을 항해하다가 캘리컷Calicut*에 도착할 수도 있는 것 아니겠어? 잘 들어봐. 바다를 통해 아무도 가본 적 없는 인도에 갈 수 있을지도 모른다고! 아프리카에 진짜 끝이 있다면 말이지. 갓 출항을 시작한 어린 범선에게는 정말 앞날이 창창한 멋진 여행이고. 멋지군… 그리고 조금은 무시무시하군.

항구를 떠나기 전에 몇몇 노인 선박들이 내게 이렇게

일러주더군.

"암흑의 바다 – 말만 들어도 난 벌벌 떨었지 – 를 조심하게나. 배를 삼켜 버리거든. 보쟈도르Bojador*를 지나, 불행히도 곶(바다로 돌출한 육지의 끝부분)을 지나면 자네 앞에 펼쳐지는 건 자네를 산산조각낼 혼돈과, 자넬 빨아들일 회오리바람과, 자넬 삶아 버릴 끓는 물뿐일 걸세. 그리고 혹시라도 회귀선*을 지나게 되면 – 자네한테 권하고 싶진 않네만, 자넨 마치 우유처럼 엉겨붙은 심연의 바다에 빠져 들어가서 흔적도 없이 사라져 버릴 걸세."

그리고 가장 심한 경우는, 긴 세월에 찌든 한 노인 선박이 우릴 더욱 겁주며 얘기하기를, 어느 정도 거리를 지나면 바다가 예고도 없이 갑자기 끊기면서 배의 기둥 밑으로 깊이를 알 수 없는 심연이 펼쳐진다는 거였어. 물길이 끝나는 곳에 있는 그런 폭포에 휩쓸려, 배들이 끝도 없는 수렁으로 빠져 들어간다니. 우린 모두

벌벌 떨었지. 하지만 난 모든 걸 감수할 준비가 되어 있었어. 탐험을 위해 태어난 쾌속 범선이니까!

다행히도 난 이런 두려움에 맞설 수 있을 만한 비장의 장비들을 갖추고 있었지. 돛대 세 개 그리고 가로돛 두 개와 삼각돛 하나. 선체를 전반적으로 넉넉히 감싸며 펼쳐진 가로돛들이 뒤에서 불어오는 바람을 완벽하게 막아준 덕분에 난 마치 날개가 돋아난 기분이었어. 삼각돛으로 말하자면 세모꼴로 잘 접혀지고 세로 방향으로 정확히 조준되어 있어서, 내가 거의 제자리에서 몸을 틀어 바람 부는 대로 원하는 방향을 잡을 수 있었지.

카다 모스토라는 어떤 멋진 선원이 노련한 선장들이 모인 자리에서 나에 대해 얘길 하며 이렇게 외치더군. "라 벨라는 바다에서 볼 수 있는 수많은 배 중에서 가장 뛰어납니다. 필요한 것들이 모두 갖추어져 있어서 세계 어디라도 돌아다닐 수 있을 거예요."

그의 말이 옳았지, 난 못 가는 곳이 없었으니까. 난 빠르고 민첩했지. 빨리 나아갈 수 있을 뿐만 아니라 잽싸게 진로를 바꿀 수도 있었던 거야.

선원들이 자기들끼리 떠들 때는 얘기가 또 좀 달랐지.

"이 배 말이야. 마르기는 꼭 뻐꾸기 같고 가볍기로는 꼭 호두껍질 같단 생각이 들지 않나? 적재량이 겨우 70톤이라니 초라하기도 하지."

키잡이가 흥분해서 말을 이었지.

"초라하다고? 차라리 아가씨 같다고나 할까? 바람을 거슬러 오르는 아가씨 말야! 그게 나름대로 장점 아닌가?"

그러자 또 다른 선원이 대꾸했어.

"바람이 엉덩이에 불어오면 꽁무니를 흔들기 시작해서 이 아가씨를 더 이상 조종할 수 없을 거야."

그들은 더러 불평도 했지만, 폭풍우가 휘몰아치자 내 안전한 지붕 밑으로 다들 몸을 피했고, 그제서야 아주 흡족해 하더군. 난 그들을 모두 품어주었지. 사실 모든

게 장밋빛일 수야 없는 일이지. 선원들 말이 맞기도 한 게, 뒤쪽에서 바람이 불어오면 내가 좀 소란스러운 편이었거든. 그런 반면 내 흘수(吃水; 배가 떠 있을 때 물 속에 잠겨 있는 부분)는 아주 미미해서, 내가 원하는 만큼 가깝게 해안에 접근할 수 있었지.

하지만 내가 제일 자부심을 느끼는 건 바로 삼각돛이었어. 내가 하도 잽싸게 방향을 틀어서 아주 거친 선원들도 숨이 막힌 듯 얌전해지기 일쑤였거든. 뭐, 결국은 나한테 적응되었지만.

마침내 난 대양에 다다르게 되었어. 대서양 말야. 채색유리 세공품들을 화물창에 가득 싣고서, 난 늠름하게 지브롤터* 해협의 두 산을 지나, 마데이라*를 건너고 카나리아 군도*도 가로질러 누운Noun 곳*에 도착했지. 벨렘의 선원들은 으레 이렇게 말한다더군.

"누운 곳 너머로 항해하는 자들은 다시 돌아오거나, 그렇지 못하리라."

난 누운 곳을 지나서 보쟈도르를 향해 나아갔어.

보쟈도르!

그건 정말 위대한 순간이었지. 사람들이 자신 있게 말하길, 그 이전에 어떤 배도 이 곳을 통과한 적이 없었다는 거야. 난 계속 전진했고 어떤 위험이 닥치더라도 멈추지 않으리라 결심했어. 보쟈도르를 지나 보지도 않고 벨렘으로 돌아온다니, 그럴 순 없었지. 나 들으라고 퍼부었던 노인네 범선들의 조롱 섞인 충고가 오히려 내게 용기를 북돋워준 거야.

사실 네게만 밝히는 건데, 혹 나도 겁에 질려 방향을 돌릴지도 모르니까, 그러지 못하도록 삼각돛을 고정시켰어. 가능한 한 최대로 몸을 가볍게 해서는 공포에 떨면서도 돌진했어. 젊은 배들만이 지닐 수 있는 꿋꿋함으로, 난 용기를 냈지. 앞으로, 또 앞으로, 한시도 긴장을 늦추지 않고서….

그러더니 갑자기, 나도 모르는 사이, 돛 한 번 흔들었나 싶었는데 보쟈도르를 지나온 거야! 게다가 잘 들어 보라고, 아무 혼란도, 소용돌이도, 펄펄 끓는 물도, 까마득한 구덩이도, 아무것도 없었어. 오직 바다만 있을 뿐이었지.

난 계속 나아갔어. 또 모르는 일이니까. 마침내 난 과감히 몸을 돌려서 뒤를 보았지. 이건 정말인데, 내가 지나온 자국 *끄트머리*로 보이는 건 정말 형편없이 작은 육지의 한 조각뿐이었어. 여러 세기에 걸쳐, 서양의 모든 배들을 붙들어 매놓았던, 그리고 어떤 황금 열쇠로도 열지 못하도록 세상을 가둬놓았던, 아무것도 아닌 작은 한 조각. 바로 내가 대양의 빗장을 풀어서, 광활한 남쪽을 향해 길을 튼 거야. 머지않아 나의 형제자매들인 다른 쾌속 범선들이 내 발자취를 따라 항해에 나설 수 있도록 말이지.

그 보잘것없는 곳을 지나자 또 다른 여행이 시작되었어. 이제야말로 진짜 미지의 세계에 빠져든 거지. 아무도 닿아본 적 없는 물길을 헤치면서 말이야.

우린 처음에 이런저런 추정을 해가며 항해했지. 방위 표시도 위의 자침磁針*도 있었고, 자석은 북쪽을 가리키고 있었어. 진로는 북극성, 바로 나의 북극성을 향하고 있었으니, 지리적으로도 북쪽이었던 거지. 뭐, 그쪽에 가까웠단 얘기지만…. 모래 알갱이들이 매끄럽게 흘러 내려가는 시계를 통해 우린 시간도 가늠할 수 있었어. 물 속에 드리워진 측정기가 속도도 알려주었고.

사실 이제야 고백하는 얘기지만, 우린 정말 한심할 정도로 길을 잘못 들고 있었어. 그럼 왜 지도를 사용하지 않았냐고? 그런데 말이지, 지도를 만든 게 바로 우리라고! 기존 지도들로 말하자면, 아무리 좋게 봐줘도 정말 엉터리더군. 게다가 서로 다 제각각 달랐던 거야!

지도마다 나름의 세계를 그려놓았다고나 할까. 어떤 지도에선 지구가 바다를 둘러싸고 있고, 어떤 지도에선 바다가 지구를 둘러싸고 있지. 지구는 또 어떻고!

어떤 지도들엔 지구가 한 덩어리로 붙어 있고 또 다른 지도들은 지구를 네 덩어리로 잘라놓았더군. 그래가지고 어떻게 길을 찾는단 말이야? 딱 한 가지 방법밖에 없지 – 직접 가서 보는 것. 내가 한 일이 바로 그런 거였어.

순진하게 우릴 맞아준, 바로 나를 보고 어리둥절해 하던 원주민들에게 얼마나 추악한 짓들이 벌였는지. 아무 이유도 없이 그들을 죽이거나 강제로 끌고 오곤 했지. 내 밑바닥 창고에 가두기까지 하고. 난 내 명예를 더럽히는 그런 짓에 동참하고 싶지 않았어. 하지만 선원들이 내 의견을 물어보기나 했던가? 그런 나쁜 짓들을, 난 오늘날까지도 부끄럽게 생각하고 있어.

선원들이건 선장이건, 나이가 어리건, 노련한 키잡이건 해안이 시야에서 벗어나기만 하면 모두들 벌벌 떨었지! 나, 라 벨라 역시, 그들보다도 훨씬 더! 마치 눈먼 사람이 벽을 지팡이 끝으로 더듬으며 감히 멀어질

생각을 하지 못하듯, 몇 달 내내 해안선으로만 붙어다
녔으니까. 처음 출발했을 땐 먼 바다에 몸을 던지길 꿈
꾸던 대서양과 맞서기를 꿈꾸던 내가 말이야. 이렇듯
겁을 먹고 근처 바다만 맴돌던 어느 날 아침, 한 선원
이 소리치는 걸 들었지.

"어, 저것 좀 보라고!"

그래, 내가 뭘 보았을 것 같아? 아니, 그보다는, 뭐가
안 보였을 것 같아? 더 정확히 말하자면, 뭐가 더 이상
안 보이게 됐을 것 같아? 바로 내 메인마스트(범선의 중
심이 되는 돛대)의 그림자가 사라져 버린 거야! 우리가
벨렘을 떠난 이후 매일같이 새벽부터 저녁까지, 갑판
뒤쪽에 매달려서 커지거나 작아지며 방향을 바꾸긴 했
을지언정, 언제나 거기 있던 그 그림자가 말이야. 자신
들의 눈을 의심한 선원들이 얼이 빠진 채로 잃어버린
그림자를 찾아서 돛대 주위를 맴돌았지. 하지만 하루
종일 그림자는 나타나질 않았어. 그 사람들도 그런 일

을 겪기는 처음이었지.

그런데 다음날, 믿기지 않겠지만, 그림자가 돌아온 거야! 그런데 돛대의 다른 쪽에 가 있었어. 오, 놀랍게도, 이번엔 갑판 앞쪽을 향해 드리워져 있더군. 어떻게 이런 일이 일어날 수 있었을까?

"선장님!"

하고 키잡이가 외쳤지.

"우린 회귀선을 지난 거라고요. 술통 마개를 따서야죠!"

바로 그거였어! 회귀선을 지나면서 내 돛대의 그림자가 갑판 뒤쪽에서 앞쪽으로 온 거야. 그것뿐이었지.

난 회귀선이, 뭐랄까. 마치 바다 위의 어떤 표시거나 물로 된 벽, 높이를 바꿔주는 어떤 틈이나 구멍, 뭔가 갈라지는 곳, 뭐 그런 대단한 건 줄로만 알았었지. 그런데 아무것도 아니었어. 회귀선이란 게 결국 단순한 그림자 놀이였던 거지. 그림자와 태양의 놀이 말이야!

그래도 한 가지 확실한 건 있었어. 난 분명 회귀선을 지났고, 그런데도 아무 일도 일어나지 않았다는 거야! 바다는 우유처럼 엉겨붙어 있지도 않았고, 펄펄 끓지도 않았으며, 수많은 소용돌이로 흔들리는 것도 아니었단 얘기지. 아, 노인네 배들, 내게 잘도 거짓말을 하셨더군!

날 당황스럽게 한 게 하나 있었어. 하루가 끝날 무렵에도 해가 쨍쨍하더니 순식간에 한밤중이 되더군. 다음 날 아침엔 순서가 바뀌긴 했지만, 급작스러운 건 마찬가지였어. 난 캄캄한 밤을 항해하고 있었는데 순식간에 대낮이 돼버린 거야. 새벽빛도, 석양도 없이, 낮과 밤만 갑작스럽게 교대된 거지. 난 그런 게 마음에 들지 않았어. 준비하는 걸 좋아해서 석양의 부드러움과 새벽빛의 평온함을 맛보곤 했거든. 하지만 여행이란 결국, 세상을 바꿔서 보는 것 아니겠어? 습관을 바꾸는 것? 한마디로 바꾸는 것? 고백하거니와 난 차츰 익숙

해져서 결국 그런 갑작스런 변화를 음미하게 되었지.

하지만 이렇게 밤과 낮이 바뀌는 놀이를 즐기려고 우리가 바다에 뛰어든 건 아니었지. 항해에 나선 우리 모두는 어딘가에 있을지도 모르는 아프리카의 끝을 발견하고자 출발했다는 걸 잘 알고 있었으니까.

그러던 어느 날, 꼭 그렇게 마음먹었던 것도 아닌데, 차츰 먼 바다 쪽으로 이끌려간 우리는, 대양 한가운데, 그래, 난 지금도 어떻게 된 영문인지 잘 모르겠지만, 바다 한복판에 떠 있게 된 거야. 사방이 바다뿐이더군. 바다와 하늘.

내 위치를 가늠해볼 수 있는 해안도, 목표로 정해서 갈 만한 육지도 더 이상 보이지 않았지. 그날 난 비로소 먼 바다를 향한 긴 여정에 나선 쾌속 범선, 그러니까 원양 항해선으로 태어난 거야. 난 눈먼 사람처럼 의지해오던 지팡이를 집어던지고, 두 눈을 크게 뜨고 별들을 주시했어. 날 대양으로 인도해줄 길잡이는, 이제 하늘밖에 없었으니까.

바람결에 실려, 난 어떤 목소리가 이렇게 속삭이는 걸 들었지.

"라 벨라, 네 눈앞에 보이는 걸 얘기해다오. 그럼 네가 지금 어디 있는지, 내가 말해줄 테니."

햇병아리 선원 오귀스티노도 그 소리를 들은 모양이지. 기뻐서 어쩔 줄 몰라하며 이렇게 대답하더군.

"내게 보이는 것은⋯."

하지만 그다음 말은 바닷바람에 섞여 더는 들을 수가 없었어.

"북극성! 위도*를 알려주는 데는 그만한 별이 없지!"

황홀한 듯 얼이 빠져 있는 어린 친구를 대신해서 키잡이가 이렇게 얘기했을 때 내가 얼마나 기뻤는지는 두말할 나위도 없겠지. 나의 별! 일찍이 그 별을 선택한 것에 난 정말 자부심을 느꼈어.

키잡이는 금을 입힌 철통에서 내가 지금까지 본 적이

없는 도구를 꺼내더군. 바로 천문관측의*였어. 그는 오귀스티노에게 사용법을 설명하기 시작했지.

"아주 간단해. 우선 이놈을 똑바로 세우는 거야. 여기 작은 자에 있는 구멍 두 개가 보이지? 이 구멍들을 네 눈앞에 가져다 놓으라고. 간단해. 그리곤 구멍을 통해 북극성이 보일 때까지 이리저리 움직이는 거야. 간단하지. 북극성이 보이나?"

그는 줄곧 '간단해, 간단하다고'를 연발했지. 그런데 이런 말을 되풀이하는 건, 간단히 얘기하자면, 실은 그게 그렇게 간단하지 않기 때문이지. 어린 선원은 키잡이한테 과연 두 개의 작은 구멍들을 통해 북극성이 보이는지 물어봤어.

그가 대답하기를,

"어이, 이게 그렇게 간단하지가 않아!"

그리곤,

"됐다!"

마침내 북극성을 찾은 거야.

"여기 눈금에 뭐라고 표시됐는지 한번 읽어봐."

키잡이가 소년에게 물었어.

"에, 그러니까….'

오귀스티노는 이렇게 머뭇거리다가 파도가 요동치는 바람에 갑판 위로 넘어지고 말았지. 그러자 키잡이는 내가 차마 옮기기 민망한 욕설들을 퍼부어댔어. 사실, 너한테 고백하거니와 열 번째 욕은 내가 알아들을 수도 없었어. 그 시절만 해도 난 아주 젊은 배였으니까. 이건 믿어도 되는데, 그때 이후 내 말투는 그 방면으로 꽤나 발전했다고.

내가 어디까지 얘기했더라? 그래, 파도가 요동을 쳐서 천문관측의가 키잡이의 손에서 미끄러져 한바탕 소동이 있었고… 그래서 우리로 하여금 방향을 좀더 정확히 가늠하도록 해줄 그 귀중한 기계가 깨졌을까? 그건 키잡이가 얼마나 재빠른 사람인지 모르고 하는 얘기지. 천문관측의가 갑판 위에서 박살나기 전에 잡아챘던 거야. 쩔쩔매던 어린 선원은 다시 일어나서 계기판에 눈을 바짝 갖다댔지.

"찾았어요! 찾았어요!"

그러자 키잡이가 말했어.

"16도… 30분!"

이런 표지, 이런 숫자만으로도 우린 녹색 곳* 주위로 늘어선 섬들의 위치를 파악할 수 있었지. 왜 우리가 녹색 곳이라고 불렀는지 혹시 알아? 왜냐하면 우린 우리가 발견한 땅에 이름을 붙였거든. 왜냐고? 그 땅을 발견한 게 바로 우리였으니까. 아, 그래. 일단 대답을 해야지. 녹색 곳이라고 한 건 우리가 항해를 시작한 이후로 해안에서 볼 수 있었던 게 모래와 끝없는 사막뿐이었기 때문이야. 보쟈도르를 떠난 후, 해안은 단 하나의 색, 노랑, 단조로운 노랑, 지겨울 정도로 노랑뿐이었던 거지. 그런데 그곳에서 육지가 초록을 띠기 시작한 거

Escosia

Irlanda

ingala terra

fladē

framça

itali   a

bordeos

as Ilhas terçeiras

sçeuta

Duraços

tunis

as canaras

Mōs

tes claros

Africa

Ilhas de lobo. d.

sertaloa

mina

Reino di
benins

야. 이렇듯 색이 변하자 우린 기쁨으로 들뜨게 됐지. 이 미지의 땅에는 우리의 예상을 뒤엎는 초목과 나무, 과일 등 이런저런 식물이 있었던 거야. 초록, 초록. 사방이 온통 초록빛이었지. 그걸 본 우리는 정말 미치도록 기뻐했어.

우리가 남쪽으로 내려갈수록 나의 별 북극성은 빛을 잃어갔고, 왠지 모를 두려움이 나를 감싸왔어. 저녁 무렵이 될 때면 북극성은 수평선 위에서 하루가 다르게 낮아졌지. 그러던 어느 날 밤 – 아주 오래전 얘기지만, 아직도 그때를 떠올리면 고통스러워지는군 – 그 별이 완전히 사라져 버린 거야. 갑판 위에는 무거운 침묵이 흐르고 있었지. 선원들은 두려움과 경외로움에 떨며 그들 머리 위로 펼쳐진 새로운 하늘을 바라볼 뿐이었어. 북극성 없는 하늘이라니! 세상 누구도 그런 하늘을 상상할 수 없었지만, 사실이 그랬던 거야. 하늘 스스로도 당황한 것 같더군. 정말 발견의 연속인 여행이었지.

생각에 잠겨 있던 햇병아리 선원이 멀리서 들려오는 듯한 맑은 목소리로 읊조리기 시작했어.

하얀 쾌속 범선들 앞에 모여
사람들은 바라보고 있었네.
미지의 하늘 위
대양의 깊은 곳으로부터
새로운 별들이 떠오르는 것을….

나머지 반쪽, 하늘의 다른 쪽을 향해, 세상의 다른 부분 안으로 난 천천히 미끄러져 들어갔어. 적도가 어땠냐고? 회귀선을 지나왔을 때처럼 어떤 표시도 물 위의 어떤 흔적도 찾아볼 수 없었지. 위도 0의 지점이라, 참 우습더군! 하지만 내가 새롭고 두렵게 생각한 건 다른 일이었어. 북극성이 사라져 버린 것! 선원들과 선장 그리고 나, 라 벨라가 함께 지낸 이후 처음으로, 우린 더 이상 북극성을 볼 수 없었던 거야. 난 마치 고아가 된 것 같았어. 그리고 슬펐지. 이루 말할 수 없을 정도로. 단 하나의 별이 사라졌는데 모든 게 텅 빈 것 같았다고 나 할까. 이제 무엇에 의지해야 하나?

이제 안전한 망루 저 너머, 미지의 바다를 향해 나아가야 했지. 나 이전의 어떤 배도, 정확히 말하자면 북쪽 지방에서 온 어떤 배도, 아직 본 적이 없는 하늘. 난 그 하늘에 대해 연구하느라 몇날 밤을 지새웠어. 그리고 재빨리 알아차렸지. 하늘의 중심이 비어 있다는 것을. 커다란 돛의 바로 위에는 마치 어떤 무시무시한 힘이 별들을 다 내몰아 버린 것처럼 광활하고 텅 빈 하늘이 펼쳐졌지. 다행히도 은하수만은 그대로 있더군. 적도에도 아랑곳하지 않고 꿋꿋하게, 별들의 강이 빛의 행렬을 이어가고 있었던 거야. 얼마나 위안이 되던지.

이런 얘길 하면 웃을지도 모르지만, 선원들은 이 캄캄한 하늘을 조사하느라고 며칠 밤을 꼬박 새웠어. 내가 남쪽 바다로 깊숙이 접어들면서 발견하게 된 새로운 별들에 대해 각자 독특한 자기 지방 사투리를 써가며 이런저런 얘기들을 늘어놓기도 했지. 우린 새 별들이 나타날 때마다 이름을 붙였어 – 히드라별, 물고기별, 늑대별, 켄타우로스별, 공작별, 두루미별, 불사조별.

무엇보다 내게 와닿았던 건, 아주 오래 전부터 바다를 누비고 다녔던 내 모든 형제 자매들을 기리는 의미에서 붙여진, 배의 별이었지. 선장 – 이름이 잘 기억나지 않는데, 바르톨로메우 디아스*였던가 – 은 이런 새 별들에 대해 일지 담당 선원에게 다음과 같이 지시를 내렸어.

"자, 빨리, 저 별들의 멋진 움직임을 기록하도록 하게! 저들이 운행하는 그 궤적의 직경을 놓치지 말고 측정하라고!"

장부 담당 선원은 이런 모든 사항을 커다란 노트에다 특유의 멋진 필체로 세밀하게 기록했지.

선장은 갑자기 동작을 멈추더니 가늘고 길게 늘어선 네 개의 별들을 오랫동안 바라보았어. 그 별들은 십자가 모양을 하고 있었는데, 우리가 발견한 새로운 하늘의 어떤 별과도 견줄 수 없을 정도로 멋지더군. 그런데 그거 알아? 북극성이 북쪽을 가리키고 있었던 것처럼, 이 십자가는 남쪽을 가리키고 있었던 거야. 누군가가 외쳤지.

"저건 남쪽의 십자가다!"

아마도 그 이름이 주는 감동적인 무게로 인해 마음이 놓인 듯, 배에 탄 사람들 모두가 입을 모아 있는 힘껏 따라 불렀지.

"남십자성*! 남십자성!"

내 얘기를 듣고 있는 너, 네가 있는 곳을 난 알 수가 없지. 만약 네가 북반구에 살고 있다면 그럴 기회가 전혀 없겠지만, 언젠가 네가 적도를 지나면, 남쪽 하늘에 빛나는 그 별을 보게 될 거야…. 그때마다 라 벨라를 생각하렴.

우린 이제까지 북극성을 보면서 위도를 측정해 왔는데, 그 별이 사라졌으니 이제 어떻게 해야 하지?

"태양!"

키잡이가 대답했어. 태양이라, 그렇지! 게다가 이쪽 바다에서 해를 못 볼 일은 거의 없으니까. 잠시 후 선원들이 뒤쪽에 세운 건물에서, 키잡이가 오귀스티노 – 햇병아리 선원, 기억나지? – 에게 천체의 움직임에 대해 기초부터 설명해주는 소리가 들리더군.

"네가 지금 어디에 있는지 알아보려면 우선 천문관측의로 태양의 높이*를 측정해야 한다. 태양이 가장 높이 떠 있는 정오에 말이지."

"태양의 높이라고요? 하지만 그건 너무… 너무 높잖아요. 도저히 할 수가 없겠는걸요."

오귀스티노가 우는 소리를 했지.

"푸하하! 이 바보야!"

하고 키잡이가 웃음을 터뜨렸어.

"결과를 잘 적어놓아라. 하하, 물론, 글씨를 쓸 줄 알아
야겠지! 그다음엔, 천문 도표에서 오늘에 해당하는 달
과 날짜를 잘 찾아보렴. 하하! 읽을 줄 알아야겠지. 그
러면 오늘 태양이 몇 도에 있는지, 또 기울어진 각도가
어느 정도인지, 도표가 얘기해줄 거야."

오귀스티노는 쓸 줄도, 읽을 줄도 몰랐어. 그는 몸을
기울여 조준기의 구멍 앞에 눈을 갖다댔지.

"건방진 녀석, 태양을 정면으로 보려고 하다니!"

키잡이가 다른 선원 하나를 증인처럼 옆에 세우고서
오귀스티노에게 소리를 질렀어.

"눈이 멀고 싶냐, 꼬마야! 그게 아니라, 천문관측의를
너의 배 높이로 내린 다음, 태양빛이 작은 구멍 안으로
들어올 때까지 조준기를 움직이는 거라고. 그래, 바로
그거야. 너네가 지금 무엇을 한 건지 아냐? '태양의 무
게'를 잰 거다!"

한 손으로 멀어 버린 눈을 가리고, 오귀스티노는 정신 나간 사람처럼 갑판 위를 뛰어다녔어.

"난 세상에서 제일 힘이 센 사람이다. 하하하, 난 태양의 무게를 쟀다고!"

하도 웃는 바람에, 그는 배 끄트머리를 지나칠 뻔했어. 너한테 전에 얘기했듯이, 내 가장자리가 좀 높게 만들어져 있어서 다행이었지. 그는 쉴새없이 떠들어댔는데, 갑자기 바람이 휘몰아치니까 그제서야 입을 꾹 다물더군.

어느 한 순간, 난 멀리 서쪽, 다른 어떤 배가 항해했던 것보다 멀리, 바다 한가운데로 내동댕이쳐졌어. 북쪽으로부터 오는 해류가 나를 무시무시한 힘으로 떠밀어서, 난 정말 두려웠지. 모든 돛을 바짝 줄여 보았지만 아무 소용 없었어. 마치 호두껍질처럼 돌돌 말려서, 서쪽으로 멀리, 멀리 떠내려가고 있었던 거야!

폭풍우는 13일 동안이나 계속됐어. 마침내 비바람이

멎고 파도가 낮아졌을 때, 내가 어디쯤 있는지 도저히 알 수 없었어. 그러자 선장이 기발한 생각을 해냈지. 날 동쪽으로, 동쪽으로 이끌고 간 거야. 난 선장 말에 고분고분 따르며 끈기 있게 방향을 유지했어. 그러던 어느 날 아침, 난 다른 곳들과는 생김새가 다른 어느 한 곳에 이르게 됐어. 그도 그럴 것이 제일 끄트머리의 곳이었거든. 폭풍우가 날 아프리카의 끝으로 인도했던 거지. 이건 분명히 말할 수 있는데, 기특하게도 날 전혀 엉뚱한 곳으로 데려간 그 고마운 폭풍우가 아니었다면, 그리고 그 끔찍했던 13일 동안 내가 그래도 희망을 부여잡고 있지 않았더라면, 난 결코 꿈에도 그리던 그곳에 다다를 수 없었을 거야. 바로 그런 이유에서, 우리는 그 곳을 '희망봉*'이라고 부르기로 했어!

아프리카에도 끝은 있었고, 난 거기 도착한 최초의 배였던 거지. 갑판 위에서 어찌나 파티들을 했던지, 난 하마터면 뒤집어질 뻔했어. 난 우리의 발견에 적잖은 자부심을 가지게 됐지. 동쪽으로 향하는 길을 연 주역이 바로 나인 셈이니까. 잘 들어보라고, 사람들은 이제 아프리카를 에둘러서 바다를 통해 인도에 갈 수 있게 된 거야!

갈 수는 있었지만… 하지만 선원들이 너무 지쳐서 더 멀리 가려고 하질 않더군. 그리고 또 솔직히 얘기하면, 나도 기진맥진한 상태였거든. 그래서 그 계획은 다음 여행으로 미루기로 했지. 벨렘에서 떠난 이후 처음으로 난 머리를 북쪽으로 향하게 했어.

나 같은 탐험선의 경우, 출발하는 것보다 돌아오는 게 더 큰 문제였지. 어디까지 갔는지, 거기서 뭘 봤는지, 어떤 사람들을 만났는지, 우리가 스쳐간 해안들, 우리가 답사한 땅이 어떠했는지를 돌아와서 모두 얘기해야 하니까. 마치 멀리 떨어진 새를 주인 발 앞에 물어다 놓는 충실한 사냥개처럼, 난 내가 출발한 이후 발견한 모든 것을 보고하기 위해 벨렘으로 떠났어. 내 형제 자매들을 빨리 보고 싶기도 했지. 고향으로 돌아가는 흐뭇한 여행.

벨렘. 쾌속 범선 하나가 돌아오면, 또 다른 하나가 떠나지. 하지만 그래도 아름다운 재회는 있었어. 저녁 무렵 항구가 한산해지면 부두를 따라 모여 있는 선술집들에선 뱃사람들의 슬픈 노랫소리가 들려오지만, 우리 아름다운 쾌속 범선들은 낮은 목소리로 얘기를 나누곤 했지.

사람들은 나를 언제나 멀리 떠나보냈지만, 그래도 난 돌아오고, 또 돌아왔어. 폭풍우를, 암초를 그리고 심술궂은 바람을 비웃으며.

난… 내가 영원히 가라앉지 않는 배라는 생각을 하게 됐고, 세상 그 무엇도 두렵지 않았지.

LE CHAT

pres Lisbonne

DE BELEM.
la Riviere du Tage

세계 일주, 계속되는 탐험

1492년. 내겐 정말 묘한 한 해였던 것 같군. 쾌속 범선이 네 척이나 동원된, 서쪽으로 떠나는 대규모 원정이 준비 중이었지. 나도 막 여행을 떠나려던 참이었어. 닻을 올리려는데 내게서 뭔가 결함이 발견되어 부두에 묶여 있었지. 다른 세 척이 멀어져가는 걸 보는 내 마음이 어땠을지 짐작이 가겠지? 마침내 내가 항구를 떠나게 되었을 때, 다른 배들은 나보다 멀리 아주 멀리 앞서가고 있었어. 난 정말 최선을 다했고 돛을 활짝 펴서 최대한 몸을 가볍게 하려고 했지만, 그 친구들을 따라잡을 순 없었지. 라 핀타, 라 니냐, 라 산타 마리아. 난 지금도 그 이름들을 기억해. 라 벨라, 잊혀진 배, 내가 바로 네 번째였어. 넌 웃을지도 모르지만, 그건 정말 마음 아픈 일이었지. 탐험선인 내가, 아메리카를 발견하지 못하다니!

내가 벨렘에 돌아왔을 때 이미 소문이 돌고 있었지.

라 핀타: 콜럼버스 씨가 서쪽에서 발견한 땅이 인도가 아닐지도 모른다는 얘기가 있어.

라 니냐: 인도가 아니라고?

라 산타 마리아: (속삭이며) 게다가, 콜럼버스 씨가 측정한 경도經度*가 꼭 들어맞지 않을 수도 있다는 거야.

라 니냐: 꼭 들어맞지 않는다고?

라 핀타: 쉿!

라 산타 마리아: 쉿!

쾌속 범선들 중에서 가장 나이가 많은 나, 라 벨라는 잠자코 듣고 있다가, 수차례 내 얘기를 해줬어. 난 무시 못할 경험을 쌓아가고 있던 중이었으니까. 우리의 대화는 밤새도록 계속됐지. 새벽이 됐을 때, 난 친구들에게 작별인사를 했어. 다시 사람들의 부름을 받아 세 번째 여행을 떠나야 했거든.

"돛을 올려라, 돛을 올려!"

선원들이 외쳤지. 활짝 펴진 내 돛이 어찌나 넓던지, 어느 순간 하늘을 가리는 듯했지. 이번 대장정을 위해, 난 네 번째 돛대와 다양한 돛들을 선물로 받을 수 있었어. 앞쪽에는 사각돛, 뒤쪽에는 삼각돛, 그리고 많은 질투를 불러일으킨, 아주 인상적인 가르드 로브.

"남서쪽으로!"

선장의 명령이 떨어졌지. 난 앞머리를 도도하게 내밀고 대서양을 가르며 잔잔한 물결 위로 나아갔어. 그렇게 치장하고 항해를 시작한 내 모습을 비춰볼 수 있으면 좋았을 거야. 천으로 온몸을 휘감은 결혼식의 신부 같았다고나 할까. 물론 얼마 지나지 않아서 그런 장식들이 꼭 필요하게 되었지만.

왜냐하면 떠나고 나서야 사람들이 들려준 얘긴데, 난 세계 일주 여행을 떠난 거였어. 그래, 잘못 들은 게 아니라 나한테 세계를 완전히 한 바퀴 돌아오라고 보낸 거였다니까. 정말 말도 안 되는 얘기였고, 나도 참 무모했지만, 승낙하고 말았어.

뭐 길게 말할 것도 없이 서쪽으로 떠났다가… 동쪽으로 돌아오는 것! 그럼 넌 이렇게 물어보겠지. 한 바퀴, 그게 어느 정도인데? 얼마나 걸리지? 거리는 얼마나 되지? 내가 해보지도 않고 그걸 어떻게 알았겠어? 게다가 나 이전의 다른 어떤 배도 감히 엄두를 못 냈던 일을. 정말 엄청난 계획이었지. 함께 떠난 배가 총 다섯 척이었어.

대서양 한가운데서 계속 서쪽을 향해 가던 중, 난 약간 남쪽으로 몸을 틀었어.

어느 날엔가 선장이 얘기하는 소리를 들은 기억이 나
는군. 갑판 위를 성큼성큼 걷고 있었는데, 그 억센 다
리에서 나던 소리가 아직도 내 밑바닥에서 울리는 것
같아….

마젤란* − 선장 이름이지. 그는 내가 아메리카를 넘어
인도에 다다를 수 있게 해줄 '남서 항로'를 찾는 중이
었지. 어딘지 모르겠으면 지구 전체 지도를 한번 살펴
봐. 그럼 알 수 있을 거야. 내가 지난번 여행에서는 남
동쪽으로 희망봉을 거쳐 인도에 도착했거든. 이번엔
남서쪽을 통해 거기 가려는 거야.

하지만 잊지 말도록 해. 네가 편하게 보고 있는 이 지
도들, 지구 전체를 그려놓은 지도, 지구본, 이 모든 건
내가 수차례 여행을 통해 만들었다는 사실을.

난 콜럼버스가 지난날 여행했던 것보다 훨씬 남쪽으로
아메리카에 도착했어. 난 아메리카 너머를 찾고 있었

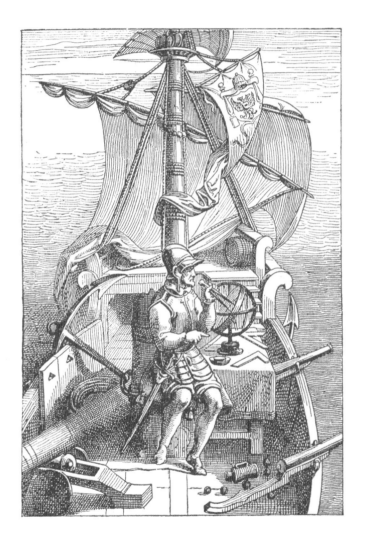

던 거지. 그런 땅이 존재한다면 말이야. 모두가 그런 꿈에 부풀어 있었어. 솔직히 난 거의 믿지 않았지만. 열 달 동안이나 찾아 헤맸지. 그게 바로 사람들이 나를 떠나보낸 이유가 되는, 나의 임무 아니겠어? 작은 만灣들 하나하나까지, 난 샅샅이 뒤졌어. 닫히고, 닫히고, 또 닫혀 있고! 입구가 될 만한 하구河口마다, 부딪쳤던 거야.

너무나 절망스러워서 몇 번이나 왔던 길을 거슬러 돌아가려고 했는지. 오, 그래, 아메리카 너머의 땅이 존재하리라는 걸, 난 믿기 어려웠어.

대자연이 가져다준 불행만으로도 충분하지 않았던지, 이번엔 사람들 차례였어…. 끔찍한 일들이 일어났지. 세 척의 배에서 폭동이 일어나서, 사람들이 많이 죽은 거야. 난 마젤란을 충실히 따랐지. 너무 아픈 기억이라 얘기하지 않는 편이 나을 것 같군.

형편없이 약해진 채로, 우린 다시 길을 떠났어.

지치고 넋이 빠져 있던 어느 날 아침, 난 어떤 곳, 일만 일천 처녀의 곳에 다다르게 됐어. 난 그대로 뛰어들었지. 달리 무슨 도리가 있었겠어? 수로는 너무 협소했고 … 정박지의 입구는 좁아지고 또 좁아질 뿐이었어. 이러다가 아예 닫혀 버려서, 모든 걸 처음부터 다시 시작해야 할지도 모른다고 생각한 게 한두 번이 아니었지. 내게 도저히 그럴 힘이 남아 있지 않다는 걸, 난 잘 알고 있었어.

스물일곱 날의 낮과 스물일곱 날의 밤! 그게 얼마나 긴 시간이었는지, 넌 상상도 할 수 없을 거야. 난 보잘것없이 작아져서 두 개의 빙산 사이로 전진해 갔어. 오! 난 정말 최대한 몸을 움츠려야만 했어! 내가 그 얼음들 중 하나에 부딪치기만 했어도, 아니, 스치기만 했어도, 라 벨라와 거기 탄 사람들은 모두 끝장나 버렸을 거야. 내 초라하고 기진맥진해진 몸뚱이가 화강암처럼 단단한 빙산들과 맞붙는다면, 도저히 희망이 없었으니까.

지옥처럼 끔찍한 풍경, 견딜 수 없는 추위, 비 오듯 몰아치는 바람. 아직도 몸이 떨려오는군. 마치 보이지 않는 하늘을 대신하기라도 하듯 해안에는 수천 개의 작은 불빛들이 있었어. 빨갛게 칠한 부드러운 얼굴과 하얀 머리카락을 하고 돛을 단 배가 지나가는 처참한 광경을 바라보는, 가련한 거인 파타고니아 고원의 화염 덩어리들이었지. 불의 땅[*], 추위의 땅.

그렇게 지치고 기진맥진한 채로, 나를 죄어오는 좁은 빙산 사이를 몽유병자처럼 습관적으로 지나가고 있던 내 앞에 어느 날 장엄한 광경이 펼쳐졌어!

장관壯觀.

아! 마침내 자유를 향해 열린 최후의 곳이여! 들어봐, 우린 그걸 '욕망의 곳'이라고 이름 붙였어. 예전 '희망봉'에서부터 오늘의 '욕망'에 이르기까지, 난 이 여행에서 저 여행으로, 이 곳에서 저 곳으로 항해했던 거야. 이 곳의 존재는 우리에게 한 가지 사실을 분명하게

밝혀줬지 – 아프리카가 그랬던 것처럼 아메리카에도 끝이 있다는 걸. 그렇게 해서 난 다른 쪽으로 건너갈 수 있었어. 그리고 아메리카의 다른 쪽에는, 새로운 대양이 있었지. 그건 아메리카가 인도가 아니라는, 전혀 관계가 없다는, 명백한 증거였어.

이 예기치 못했던 대양의 다른 쪽에는, 내가 서쪽으로만 항해해서 발견할 수 없었던, 그토록 애타게 찾아 헤매던 땅이 나를 기다리고 있겠지. 우리 선장과 함께 있으면 불가능한 일은 아무것도 없을 것 같았어. 마젤란은 사람들과 배로부터 존경받는, 정말 용감하고 현명한 사람이었지. 이런 사람을 지도자로 모신 것, 그리고 이런 기적을 일으킨, 내가 지금까지 본 어떤 바다보다도 광활한 대양을 항해한 서양의 첫 번째 배라는 것에 난 대단한 자부심을 느꼈어.

광활함과 평온함. 내가 방금 전에 지옥을 겪었던 만큼 더욱더 두드러지는, 그런 평온함이었지. 이 대양은 이

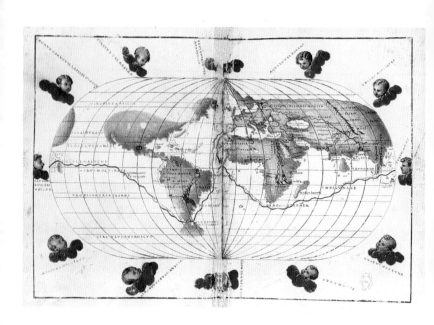

름이 없었으므로 우린 뭐라고 부르면 좋을지 고심했어.
우리가 출발한 후로 정말 오랜 시간이 흘렀더군. 아!
벨렘이여, 넌 얼마나 멀리 있는지! 몇 달이 지났던가!
우리가 항해를 시작한 후부터 얼마나 시간이 지났는지
기록해두기 위해 선원들은 난간에다 날이 잘 선 칼로
가는 홈을 새겼지. 석 달 동안, 난 어떤 육지도, 아무것
도 보지 못했던 거야.

너 기억하지, 마치 눈먼 사람이 지팡이를 의지하듯 해
안을 따라가다가 거기서 멀어지면 내가 얼마나 두려워
했는지를. 물론 난 물을 좋아했지. 그때 난 도움을 받
을 수 있었어. 다행히도 우리의 방향을 인도해주는 남
십자성이 있었으니까.

그간 굶주림에 시달렸고, 내게서는 몸에 있던 나무들
이, 선원들에게서는 이빨이 빠져나가고 있었지. 우린
모든 희망을 잃었던 거야.

그 석 달 동안, 폭풍우 한 번도, 심지어 비 한 방울도 없

었어. 이런 경우는 또 처음이었지. 고요한, 고요하고 끝없는 바다가 날 어린아이 재우듯 천천히 흔들고 있었다고나 할까. 우린 마침내 그동안 고심해왔던 이 대양의 이름을 찾아냈지. 만장일치로 이렇게 부르기로 했어. '태평양太平洋'.

지구, 그간 거의가 육지로만 이루어졌다고 믿어왔던 이 지구는, 내가 발견해낸 것처럼 3분의 2가 바다로 덮여 있었어. 서로 연결되어 있는, 자기들끼리 얘기를 나누는 바다들! 지중해에서 대서양까지, 대서양에서 태평양까지, 그리고 태평양에서 – 뭐 안 될 거 있겠어? 바로 그게 우리가 도전하는 목표인데 – 인도양까지.

이런 사실이 선원들에겐 하나의 커다란 발견이었고, 내겐 기쁨이었지. 난 아주 즐거웠어. 이 지구가 나를 위한 것이고 여유롭게 여기저기 옮겨다닐 수 있다는 걸 발견했으니까. 이렇게 둥그런 지구, 이렇게 많은 부분이 바다로 덮여 있는 이 지구 위에서, 앞으로도 탐험의 기회는 무궁무진할 테니까!

그런데, 끊이지 않는 질문이 있었어.

"선장님, 우리가… 정확히 어디에 있는 겁니까?"

'정확히'라, 햇병아리 선원이 질문 한번 잘했지. 모든 문제가 바로 거기 있었던 거야! 불행하게도, 그 물음에 대답해줄 마젤란은 더 이상 이 세상 사람이 아니었어. 내가 필리핀 옆의 아주 작은 섬에 도착했을 때 원주민들과 어처구니없는 다툼이 벌어졌는데 그 와중에 죽임을 당했던 거야. 출발했을 당시에 편대를 이루었던 다섯 척 중에서, 이제 나만 남았어. 정말 외로움을 느꼈지. 그래서 난 줄곧 한 가지 생각에만 몰두하게 됐어. 돌아가서, 내가 본 것들을 얘기해주고, 내가 한 일들을 보고하는 것, 그리고 내가 새롭게 이룩한 쾌거를 밝히겠노라고….

여기저기 구멍이 나고, 깨지고, 찢기고, 기운이 다 바닥난 채로, 난 몇 달 동안 최선을 다해서 항해를 계속했어. 광활한 대양에 떠 있는 호두껍질처럼 말야. 벨렘을 다시 본다니! 살아남은 선원들은, 나만큼이나 지친 상태에서도, 날이 잘 선 칼로 난간에 표시하는 일을 매일같이 계속했어. 표시에 또 표시가 덧붙여지고….

한참, 아주 한참이 지난 어느 날, 난 내게 왠지 익숙한 어느 곳 앞에 다다르게 됐어. 그러니까 그게 얼마 전이었던가… 내가 아직 팔팔하던 첫 여행 때. 그건 바로 녹색 곳이었어.

그 첫 여행 이후 얼마나 많은 시간이 흘렀던가! 내가 벨렘을 떠난 게 얼마 전이었던가!

육지에 상륙한 선원들은 믿을 수 없는 사실 하나를 알게 됐어. 나도 정말 믿기지 않았지. 선원들은 배의 난간으로 뛰어가서 낡은 나무 위에 새겨진 표시들을 세고 또 세어보았어.

그런데! 오! 너도 믿기 어렵겠지만, 그래도 이 기막힌 사실을 한번 상상해봐 – 배에서는 수요일이었는데, 육지에선 목요일이었던 거야!

한 선원이 박장대소하며 말했지.

"자네들, 이게 어떻게 된 일인지 아나? 우린 우리가 도착한 것보다 하루 전에 도착한 거야!"

모두가 웃을 수밖에. 그런데 그 말은 어느 정도 사실이었어.

환영 분위기로 말하자면, 정말 요란했지. 돛은 온통 활짝 펴고, 뱃머리는 칼날처럼 뾰족해져서, 머리를 곧추세우고 말쑥한 모습으로 돌아오는 나를 보고 모두들 너무나 놀랐으니까. 사실, 난 정말 비참한 상태였어. 하지만 겉모습만은 멀쩡했거든. 다들 내가 대양 한가운데서 부서지고 깨져 버린 줄 알았는데, 돌아온 거야! 중요한 건 오로지 그 사실뿐이었지.

계산해보니 1,084일이 걸린 여행이더군! 전무후무한, 가장 긴 여행! 거의 3년 가까이 걸린….

"라 벨라 만세! 라 벨라 만세!"

우레 같은 환호성! 다른 어떤 배도 나만큼 축하를 받진 못했지. 얼마나 나 자신이 자랑스러웠던지! 세계 일주, 완전한 한 바퀴, 하하…! 게다가 세계가 둥글 뿐만 아니라 돌고 있다는 걸, 내가 몸소 증명해보인 거야. 서에서 동으로 돈다는 걸 말이지. 어떻게 그걸 확신할 수 있냐고? 왜냐하면, 해 지는 쪽으로 항해를 계속한 결과 하루를 벌었잖아. 결과적으로 여행이 나를 젊게 만들어서, 난 하루 더 젊어진 셈이지. 다시 예전처럼 젊고 멋진 모습을 되찾으려면 얼마나 더 세계 일주를 해야 할까?

저녁이 되어 항구가 한산해지고, 부두를 따라 모여 있는 선술집들에서 뱃사람들의 구슬픈 노랫소리가 들려오고 있을 때, 우리 아름다운 쾌속 범선들은 모두 모여 낮은 목소리로 얘길 나누었지.

　라 레나: 서쪽으로 갔다 오면…!

라 니냐: 쉿.

라 레나: (속삭이며) 하루가 더 젊어진다는데.

라 니냐: 쉿.

그 친구들이 질투하는 건 아니었지만… 뭐 이해할 수 있어. 세계 일주를 하고, 게다가 더 젊어진다니! 우린 모두 형제 자매. 탐험을 위한 쾌속 범선들이었고, 그 외의 다른 모든 차이점은 중요하지 않았어.

난 수리를 위해 알가르베의 조선소에 들렀고, 사람들이 열심히 치장해준 덕분에 아름다운 모습으로 다시 태어나서 출항을 준비하게 되었지.

난 쉬지 않고 다시 떠나고, 또 떠나곤 했어. 여행에 취해 있었다고나 할까. 떠날 때마다 세상의 한계가 더 확장되었고, 돌아올 때마다 미지의 땅은 더 줄어들었지. 그리고 매번, 늘 같은 질문이 되풀이됐어.

"선장님, 우리가 정확히 어디 있는 거죠?"

그러면 선장은 웃으며 대
답하곤 했지.

"정확히? 자넨 지금 내게
위치 측정을 하라는 건가?
위도와 경도 말이야."

위도 문제는 해결됐지! 북에서 남으로의 이동 거리를
측정하는 건 사람들이 이미 오래 전부터 알고 있었지
만, 서에서 동으로는, 또 다른 문제였어.

갑판 승강구를 통해, 난 선원들이 밤새 토론하는 소리
를 들었어. 대답은 간단했지. 이론적으로는 말이야. 세
계 일주를 하면서 나, 라 벨라가 24시간을 벌었다면 한
시간을 벌기 위해선 어떻게 해야 하지?

햇병아리 선원도 이젠 바뀌었어. 내 첫 여행 때의 신참
내기 오귀스티노는 그새 훌쩍 자라서, 교역할 물건들
을 잔뜩 실어서 불룩해진 큰 돛배의 항해사가 되어 있
었으니까. 세상에!

이 새로운 친구는 오귀스티노보다 눈치가 빨랐던 모양이야. 잔기침을 하고 한참을 궁리해보더니 이런 답을 내놓았지.

"24분의 1바퀴를 돌면 되죠."

그러자 키잡이가 끼어들어서 이 친구를 거들었지.

"한 바퀴 전체를 돌면 360도잖냐. 그러니까… 24로 나누면 15가 되지. 바로 그거야, 15도. 그래서 매번…."

난 이해했어. 다시 벨렘을 떠나게 되면 서쪽으로 15도씩 전진할 때마다 난 벨렘에 비해 한 시간을 벌게 되는 거야. 어때, 절묘하지! 서쪽으로 15도, 한 시간 벌기.

새벽이 되었는데도 그들은 토론을 계속하더군! 다음 질문은 이거였어 – 이런 편차를 실제로 어떻게 정할 것인가? 이렇게들 말하겠지. 내가 떠나온 벨렘의 시간과, 내가 항해 중인 바다 한가운데 어느 장소의 시간 사이의 차이를 내보면 된다고. 좋아. 하지만 벨렘의 시간을 어떻게 알 수 있지?

여행 내내 정확한 시간을 유지할 수 있는 시계를, 출발할 때 맞춰놓고 가져가면 되겠지. 좌우로, 혹은 앞뒤로 흔들려도, 폭풍우가 몰아쳐도 버틸 수 있는 튼튼한 시계 말이야.

내가 얘기했지 – 이론적으론 간단하지만, 실제로는…
이건 사실 키잡이가 아니라 시계 만드는 사람이, 돛 만드는 데가 아니라 시계점에서 해결해야 할 문제였어.

200년! 세계에서 가장 뛰어난 시계공들이 이 문제에 매달렸지. 내게 믿을 만한 시계를 마련해줄 수 있게 되기까지, 200년이란 세월이 걸렸던 거야. 그제서야, 정말 그러고 나서야, 난 진정한 의미에서 자유롭게 항해할 수 있었어.

그리하여 내가 지나온 흔적을 따라 세계지도가 만들어졌지. 우린 지도를 더 잘 손질하기 위해 항해했지. 더 잘 항해하기 위해 지도를 손질했던 거야.

1700년 하고도 몇 해 더 지났을 무렵, 얌전한 바다 위를 유유히 항해하고 있던 나는, 프랑스기를 단 두 척의 큰 배와 마주치게 됐어. 첫 번째 배는 – 그런 배를 보기는 나도 처음이었지 – 꼭 컵처럼 생긴 둥근 어선이었는데 이름이 '대장'이라더군. 길고 뾰족한 또 한 척은 국왕 함대의 수송선이었는데, '일꾼'이라 불렸고.

"어이! 그 배들! 어디로 가는 건가?"

난 소리를 질러 물어보았지.

"난 북극의 라플란드로 가네."

대장이 바로 대답했어.

"난 적도 쪽으로 가지. 더위의 나라, 페루의 산들이 있는 곳으로."

일꾼이 시큰둥하게 말했어.

"금을 찾으려고?"

내가 순진하게 물어보았지. 솔직히 고백하자면 사실 내가 여행하는 목적이 바로 그것일 때가 종종 있었거든. 금! 내 밑바닥 창고의 닫힌 금고 안에 가득한 금. 눈부시게 반짝이고, 사람을 파멸에 이르게까지 하는 금. 하지만 솔직히 말해서 난 그런 여행을 좋아하진 않았어. 난 탐험을 하기 위해 태어난 배잖아. 하지만 누가 내 의견을 물어보기나 했나? 무슨 얘기를 하고 있었더라? 아, 그렇지!

그 친구들이 발끈 화를 내며 대답했어.

"그게 아냐! 우린 지구가 둥근지 알아보려고 여행을 떠난 거야!"

"그야 둥글지!"

난 자신 있게 그들에게 말해줬지.

"물론, 우리도 이미 오래전부터 그걸 알고 있었어. 하지만, 어떤 모양으로 둥그냐고?"

"어떤 모양으로, 어떤 모양으로? 완전히 둥글지, 뭐!"

"그게 아냐!"

"그럼 둥글지 않단 말야?"

깜짝 놀라서 내가 물었어.

"물론 둥글지. 하지만 오렌지처럼 둥글까?"

대장이 내게 질문을 던졌지. 난 뭐라 대답해야 할지 몰랐어.

"아니면, 레몬처럼 둥글까?"

이번엔 일꾼이 말했어. 여전히 할 말이 없었지. 사실 난 그런 질문을 해본 적도 없었으니까. 레몬? 오렌지? 그렇다고 뭐가 달라지는데? 난 혼란스러운 마음으로 그들을 떠났지.

결국, 배에 타고 있던 한 지리학자를 통해 알게 된 사실인데, 당시 아주 열띤 논쟁이 있었던 모양이야. 뉴턴의 중력 이론에 따르자면 지구의 양쪽 극은 납작할 수밖에 없다는 거였어. 하지만 카시니의 계산에 의하면 그 반대라는 거지. 둘 중에 누가 옳은지 판가름을 내기 위해 프랑스 과학원에서 두 팀의 조사대를 파견했다는 군. 그래서 극권極圈의 자오선子午線*이 얼마인지 측정할

학자들을 대장이 실어나르고 있었던 거고, 일꾼은 적도의 자오선이 얼마인지 측정할 또 한 무리의 학자들을 실어나르고 있었던 거야.

난 그래도 여전히 이해가 안 됐어. 귀를 길게 늘어뜨리고 있던 햇병아리 선원도 이해를 못한 모양이더군. 난 좀 안심이 되었지. 그런데 다행히도 항해사가 우리에게 설명해줬어. 만약 극極에서 측정한 자오선의 수치(위도 1도에 해당하는 길이)와 적도에서 측정한 수치가 같다면, 그건 내가 일종의 구球 위를 항해하고 있다는 얘기가 되겠지. 만약 극에서의 수치가 적도에서보다 길게 나타난다면, 양극이 납작한 타원형이라는 얘기가 될 테고. 오렌지처럼!

반대로, 만약 극의 수치가 적도보다 더 짧게 나타난다면, 양극이 길게 늘여진 타원형이라는 증거겠지. 레몬처럼!

결국 난, 이 문제가 나한테 중요할 수밖에 없다는 생각을 하게 되었어. 내가 세계 일주를 하긴 했지만, 어떤 세계를 돌아온 거지? 피곤함을 무릅쓰고 난 대장을 따라 라플란드의 차가운 물을 향해 가기로 했어. 알고 싶어서 몸이 뜨겁게 달아오를 지경이었거든. 아니지, 얼어 있었다고 해야 되나.

우린 정확히 하지夏至에 도착했지. 믿기 어렵겠지만, 태양이 밤에도 지지 않았어. 잘 들었겠지, 밤에도 말이야. 자정에도 여전히 타오르고 있었다니까! 그러니 새벽에 다시 떠오를 필요도 없었지. 진 적이 없었으니까. 결국 새벽이란 게 아예 없었어. 낮이 24시간 계속되었던 거야! 세계 일주를 하면서 하루를 벌더니, 이번엔

하룻밤을 통째로 빼앗겨 버렸지. 이런 얘기를 벨렘의 내 형제 자매들에게 해주면, 누가 믿으려고 할까?

그다음 날, 밤이 잠시 모습을 나타내더군. 그리곤 차츰 길어져, 마침내 난 영원히 잊지 못할 9월 13일 밤에 처음으로 북극광*을 보게 된 거야. 북극광을 본 적 있어? 없다고? 그럼 넌 아직 세상을 다 본 게 아냐.

너도 알겠지만, 자오선은 360도로 나뉘어 있어. 극에 가까운 땅에서, 학자들은 위도 1도에 해당하는 자오선의 길이가 얼마인지 측정했지. 그걸 위해 온 사람들이었으니까. 다른 학자들도 적도에서 똑같은 작업을 했고. 자, 오렌지일까, 레몬일까?

라플란드의 자오선 수치는 57,438이 나왔고, 반면 적도에서는 56,748이었어. 한번 결론을 내려봐. 결국 자오선은 극쪽으로 더 길었던 거야. 지구는 양극이 납작하다는 사실을 의미하는 거지! 오렌지가 레몬을 이겼다고나 할까! 난 오렌지 위를 항해하고 있었던 거고,

그걸 알게 돼서 아주 기뻤어.

난 비로소 어떤 지구가 날 보호해주고, 내가 어떤 바다 위를 항해하고 있는 건지를 알 수 있게 되었지. 날 도취하게도 하고 걱정스럽게도 하는, 신기한 깨달음이었어. 마침내 난 잠시나마 쉴 수 있었지. 극지방 가까이의 얼음 같은 물 속을 다니다 보니 감기가 들었는지, 내 몸을 이루고 있는 나무들이 온통 다 떨렸고, 철근들이 녹아내리는 것 같았으며, 돛들은 다 찢어지고, 돛대는 갈라졌어. 아! 배한테는 늙는다는 것이 보기 좋은 일이 아니더군. 내가 이 꼴로 돌아오는 모습을 보고 "까라벨라Cara bela!"하고 진심으로 감탄할 사람은 아마 없을 거야.

나의 시대는 지나갔어. 나도 지쳐 있었고. 내게 필요한 건, 험난한 항해와 바다를 가득 메운 말쑥한 배들로부터 비켜나 쉴 수 있는 안식처를 찾아가는 일이었어.

새롭게 눈금이 매겨진 지도를 보면서, 난 외롭게 떨어

져 있는 작은 만 하나를 발견했지. 난 조금도 망설이지고 그곳으로 떠났어.

이 마지막 여행을 하면서, 내가 지금까지 실어 나른, 그리고 나와 더불어 드넓은 세계를 발견했던 용감하고 감동적인 모든 사람들, 성스러운 사람들과 살인자들, 착한 사람들과 나쁜 사람들, 선원들과 선장들, 햇병아리 선원들과 키잡이들, 학자들과 지도 제작자들, 사기꾼들과 노예상인들, 이 모두의 얼굴이 주마등처럼 스쳐가더군. 바다에 먹혀 버리기도 하고, 괴혈병으로 몸을 조금씩 망치기도 하고, 하지 않아도 됐을 싸움에서 죽임을 당하기도 하고, 굶주림과 갈증으로 죽기도 하고, 세상을 너무나 많이 본 탓으로 죽음을 면치 못하기도 한… 그들이 역사를 만들었던 거야. 영광스러운 역사건 부끄러운 역사건 말이야.

나로 말하자면, 언제나 나 스스로의 힘으로 항해해왔다는 게 가장 큰 자부심이었지. 바람, 해류, 바다, 자연

을 이루는 이런저런 요소들, 나의 돛과 키… 내 밑바닥
이 노예들로 가득찼을 때도, 무능력한 배를 전진시키
느라 온 힘을 쏟다가 그로 인해 죽기까지 하는 불쌍한
친구들은 결코, 정말 결코 없었어. 난 그 친구들의 쇠
사슬로 묶인 손들에 의지해본 적이 결코 없었으니까.
그게 나의 자부심이었어. 독자적으로 움직이는 쾌속
탐험선!

마침내 나의 갑판엔 시간을 정확히 유지하고 경도를
알려주는 그 유명한 시계가 설치됐어. 내가 어디쯤 위
치해 있는지, 난 언제라도 알 수 있었지.

드디어 내 목적지에 도착했군. 이제 돛을 내린 다음,
마치 나를 위해 만든 것 같은 내 체구에 꼭 맞는 저 작
은 만으로 미끄러져 들어가야겠지.

영원한 자유

"이봐, 라 벨라!"

"누구야? 어디서 나는 소리지?"

"내 이름을 얘기해도 넌 모를 거야. 난 지금까지 네 이야기를 들었어. 너를 따라 수많은 여행에 동참했고, 네가 이뤄낸 발견들을 함께 겪었어. 너 때문에 얼마나 조마조마했는지! 넌 내게 참 소중한 존재가 됐어. 날 태운 게 바로 너였다구! 난 너의 가장 충실한 손님이었어. 움직이지도 않고, 난 너와 더불어 세계를 누비고 다녔지. 난 네게 딱 하나만 묻고 싶어. 라 벨라, 네가 지금 있는 곳이 어딘지 제발 얘기해줄래? 비밀을

지키겠다고 약속할게."

"내가 어디 있는지 알고 싶다고? 북위 몇 도인지, 서경 몇 도인지, 뭐 이렇게 얘기해줄 순 있을 거야. 그럼 네가 올 수 있겠지. 난 지금 쾌속 범선들의 고요한 묘지에 도착했어. 이제부터 내게 남겨진 일은 나 혼자서 마무리해야만 해."

내 몸 안에 생긴 구멍은, 이제 작업을 시작하겠지. 벌써 슬슬 몸이 뚫리고 있군. 오! 이곳 물은 정말 따뜻하기도 하지!

"라 벨라, 너의 돛 너머로 뭐가 보이는지만 내게 얘기해줘. 그것만이라도."

"아! 눈치 빠른 친구, 이 교훈을 잘 기억하고 있군 – '네게 보이는 것을 얘기해다오, 그럼 네가 어디 있는지 내가 말해줄 테니….'"

어디 보자… 내 돛 너머로, 지금 보이는 것은… 그러니까….

dioguo botelho

ra
y

ão figueira de bairros

q desapareçeo

북극성

작은곰자리의 꼬리를 이루는 별들 중에서 가장 마지막 별에 붙여진 이름. 눈부시게 빛나며, 북반구에서 방향을 잡을 때 좌표처럼 사용된다.

캘리컷

인도 남서부 케랄라주州에 있는 도시 코지코드Kozhikode의 옛이름. 1498년 포르투갈의 바스코 다 가마가 희망봉을 돌아서 처음으로 인도에 발자취를 남긴 곳이다. 처음에는 포르투갈 영토였으나 그후 영국·프랑스·덴마크 등의 영토가 되었다.

보쟈도르

서西 사하라에 위치한, 아프리카 서부 해안 북쪽에 있는 곳. 1434년 포르투갈 선장 질 이아네스가 보쟈도르 곶을 돌아서 항해했다.

회귀선

열대 지역과 온대 지역을 가르는, 위도 23도 28분에 해당하는 두 위선의 각각을 일컬으며, 북위의 등위도선을 북회귀선, 남위의 등위도선을 남회귀선이라 한다. 일 년에 한 번씩 태양은 이들 회귀선

상의 지점의 천정점天頂點에 오게 된다(하지에는 북회귀선상, 동지에는 남회귀선상).

지브롤터

이베리아 반도 남단에서 지브롤터 해협을 향해 남북으로 뻗어 있는 반도.

마데이라

모로코 서쪽 약 640킬로미터 떨어진 대서양에 있는 포르투갈령領 섬들.

카나리아 군도

아프리카 북서부의 대서양에 있는 섬들.

누운 곳

보쟈도르 곶 북쪽에 위치한, 아프리카 서해안의 곶.

자침

작은 바늘 모양의 영구자석 중앙을 바늘 끝으로 지탱하거나 끈으로 매달아 자유로이 회전할 수 있게 한 것. 방위를 찾는 데도 쓰인다.

위도

지구 위의 위치를 나타내는 좌표의 한 가지. 적도에서 남북으로 잰 각거리. 적도를 0도로 하여 남북 각 90도에 이르며, 북으로 잰 것이 북위, 남으로 잰 것이 남위이다. 같은 위도를 나타내는 선을 위선緯線이라 한다.

천문관측의

수평선 위의 천체의 높이를 측정하는 도구. 이 측정치는 한 장소의 위도를 정하는 데 사용된다.

녹색 곶

15개가량의 크고 작은 섬들로 이루어진 카보 베르데 제도諸島. 세네갈 해안에서 645킬로미터 떨어진 곳에 위치한다.

바르톨로메우 디아스Dias, Bartolomeu

포르투갈 선장. 희망봉을 발견했다.

남십자성

봄철에 남쪽 하늘의 센타우루스자리 남쪽에 보이는 별자리. α, β, γ, δ가 十자형을 이루고 있어 이 네 별만을 별도로 남십자성이라 부른다. 북쪽의 γ에서 남쪽의 α로 직선을 그으면 그 방향이 천구의 남극을 가리키므로, 남십자성은 근세 항해시대 이후 남쪽 바다를 항해하는 사람들의 중요한 표적이었다. 북위 30도 이남에서만 볼 수 있으므로 우리나라에서는 보이지 않는다.

태양의 높이

태양의(천체의) 방위가 수평선의 평면과 이루는 각도. 흔히 바다에서의 위치를 가늠하기 위해 태양의 높이를 측정한다.

희망봉

과거에는 '폭풍의 곶'으로 불리던, 남아프리카의 남쪽에 있는 곶. 1488년 바르톨로메우 디아스가 발견하였다.

경도

그리니치 자오선의 자오면과 다른 자오선의 자오면이 이루는 각도
로 나타낸다. 지구의 표면을 동서로 각각 180도로 나누고, 동경 몇
도, 서경 몇 도로 부른다. 지구는 24시간에 대체로 360도 회전하
므로, 그 회전각도와 경과시간은 비례한다. 그래서 경도는 각도 대
신 시간으로 표시하는 일이 있다. 경도 15도는 1시간, 15분은 1분,
15초는 1초에 해당한다.

마젤란Magellan, Ferdinand

포르투갈 태생의 에스파냐 항해가. 인류 최초의 세계 일주 항해를
지휘했다.

불의 땅

남아메리카 대륙 남쪽 끝, 파타고니아 고원이 있는 티에라 델 푸에
고Tierra del Fuego 섬을 일컫는 말. 세계 일주에 나선 마젤란이
1520년 이 섬을 발견하여 원주민들이 태우는 불길을 보고 '불의
땅'이라는 뜻의 '티에라 델 푸에고'라고 이름 붙였다.

자오선

하늘의 북극에서 어떤 지점의 천정天頂을 지나 하늘의 남극에 이르는 천구상의 가장 짧은 경선. 자오는 12지支의 자子의 방향 즉 북과, 오午의 방향 즉 남을 뜻한다. 영국 런던의 그리니치 천문대를 지나는 경선을 본초本初자오선이라 하고, 이것을 0도로 하여 동경 180도, 서경 180도로 나눈다.

북극광

극極에 가까운 지역에서 볼 수 있는 빛의 대기 현상.

세계의 뱃길을 만들어간 이름 없는 배 '라 벨라'

이 책 저자 드니 게즈는 『앵무새의 정리』 등의 소설을 통해 프랑스 문단에 많은 화제와 호응을 불러일으킨 작가다. 작가이기 이전에 수학자이면서 역사학자이기도 한 그는, 독특한 경력만큼이나 작품들 또한 독창적이고 참신하다는 평가를 받았다.

그의 특징은, 일반적으로 어렵고 딱딱한 것으로 인식되어 온 수학이나 과학 그리고 역사적인 지식과 사실들을 허구의 이야기를 통해 쉽고 재미있게 설명하는 것이라고 할수 있다. 그의 대표작이라 할 수 있는 『앵무새의 정리』 또한, 가장 기본적인 수數와 공식들의 기원을 찾아 역사를 탐험하는 과정을 추리소설처럼 풀어나감으로써 독자들의 흥미를 불러일으킨다. 또 다른 작품인 『지식의 우물』에서는 기원전 3세기, 지구의 둘레를 최초로 측정한 에라토스테네스 이야기가 알렉산드리아의 대도서관을 중심으로 다뤄

지고 있다.

이렇듯 드니 게즈는 역사적이고 과학적인 사실들을 바탕으로 그것들이 발견되고 받아들여지는 과정을 특유의 상상력과 유머를 통해 재구성하는 작가로서 자신의 독창적인 영역을 만들어가고 있다.

이 책은 탐험과 항해의 시대라고 일컬어지는 15세기의 세계를 무대로 하고 있다. 이 작품에서 가장 특이한 점은, 바르톨로메우 디아스, 콜럼버스, 바스코 다 가마, 아메리고 베스푸치, 마젤란 등 당시 세계 항로를 개척하고 신대륙을 발견했던 대 항해사들 대신 '라 벨라'라는 한 쾌속 범선을 주인공으로 설정했다는 것이다. 이를 통해 저자는, 자칫 무거워질 수 있는 내용을 동화처럼 아기자기한 이야기로 풀어서 들려주고 있다.

『항해일지』는 '탐험을 위해 태어난' 최초의 쾌속 범선

'라 벨라'의 입장에서 본 신항로 개척의 역사이며, 동시에 한 꿈 많은 배의 도전과 좌절 그리고 꺾이지 않는 희망에 대한 이야기다. 조선소에서 처음 만들어졌을 때의 자랑스러움, 첫 항해의 설렘, 거대한 바다 한가운데서의 위기, 미지의 세계를 발견했을 때의 기쁨, 동료 범선들과의 대화, 그리고 모든 임무를 수행한 후 배들의 묘지에서 조용히 잠들 때까지, '라 벨라'는 어느 항해사 못지 않은 의지와 열정을 보여준다.

그는 비록 콜럼버스의 신대륙 발견 항해에 참여하지는 못했지만, 그래서 자신의 동료 '산타 마리아'처럼 역사에 이름을 남기지는 못했지만, 자신의 힘으로 바르톨로메우 디아스로 하여금 희망봉을 발견하게 했고, 마젤란과 더불어 당시로선 상상하기 어려운 세계 일주를 최초로 이뤄낸 것이다.

그러나 '라 벨라'에게 신대륙의 발견보다 더 중요했던 것은 새로이 만나게 된 하늘과 바다였고, 언제나 같은 자리에서 자신의 항해를 인도해준 북극성과 남십자성이었으며, 무엇보다 함께 고난을 헤쳐나간 이름 없는 선원들이었다. 그래서 라 벨라는 나침반 상의 정확한 어떤 지점보다는 그의 눈에 보이는 세상을 통해 위치를 가늠하고 항로를 찾아나간다.

　역사에서 중요시되는 것은 구체적인 결과와 이름들이지만 정작 역사를 만들어간 것은 그 이면에 묻혀진 꿈과 도전과 용기의 과정들임을, '라 벨라'는 우리에게 조용히 들려주고 있다.

임수현

Créits
photographiques

Photogravure IGS

Imprim en Espagne

Dépôt léal: octobre 2001

항해일지

1판 1쇄 발행 | 2002년 7월 10일
2판 1쇄 인쇄 | 2022년 10월 20일
2판 1쇄 발행 | 2022년 11월 5일

지은이 드니 게즈
옮긴이 임수현

펴낸이 송영만
디자인 자문 최웅림

펴낸곳 효형출판
출판등록 1994년 9월 16일 제406-2003-031호
주소 10881 경기도 파주시 회동길 125-11(파주출판도시)
전자우편 editor@hyohyung.co.kr
홈페이지 www.hyohyung.co.kr
전화 031 955 7600

값 13,000원